키아누
사랑하는 사람들이여
언제나 낭만 속에 있기를

여전히 다행스러운
당신에게. Hwan.

다 성장하지 못하고
더 어리지 못한 당신께.
이 성관

모든 순간을 담아
당신에게
Moment
-김수림-

그대가 걷는 밤길 속의
작은 별이 되길
한혜린

안녕이 너무 늦어버렸습니다

조배성 한주안 이성관 김수림 한혜윤

조배성

사랑과 낭만이 점차 사라지고 있는 시대,
분노와 증오로 얼룩진 이 시대에서
오늘 하루도 잘 버티셨습니다.

여러분과 같은 시대를 살아가고 있는 한 사람으로서,
제 글을 통해 여러분이
조금의 여유와 낭만이라도 되찾으셨으면 좋겠습니다.

앞으로 저는 조유랑이라는 이름으로,
저를 포함한 혐오의 시대를 살아가고 있는 사람들이
여유와 낭만을 되찾을 수 있도록
고민하는 사람이 되겠습니다.

instagram @solitude_poet / @jo_yoo_rang
email frime710@naver.com

『스쳐 지나간 모든 인연에게』

한주안

중고 서점에서 볼 수 있는 이름이 되고 싶었습니다.
책장 구석 어딘가에 꽂힌 책을 쓴 사람,
무슨 사연이 있길래 이렇게 낡아버렸을까 싶은
해진 책의 글쓴이 말입니다.

떠나거나 남은 여러 당신의 덕으로
이렇게 책 속의 이름이 되고
여전히 글자들을 적으며 지냅니다.
힘닿는 대로 세상에 사는 마음들 속에
다행스러운 것으로 남았으면 합니다.

instagram @haanjuan

email haanjuan@naver.com

『떠나가는 일』

이성관

13살, 어릴 적부터 시를 써왔습니다.

좋은 글을 쓰기 위해선
좋은 사람이 먼저 되어야 할 텐데
저 역시도 부족한 사람이라
때로는 누군가에게 상처를 주고
때로는 누군가로부터 상처를 받았습니다.

이제는 누구도 상처받지 않고
모두가 행복하기를 바라는 마음에 글을 씁니다.
좋은 글이, 모두를 행복하게 만들어준다면
제가 바라던 좋은 사람이 될 수 있겠지요.
저의 여정에 함께 해주셔서 감사합니다.

instagram @seo_poem

email lsklsky@naver.com

『결국 지나가는 시간』

김수림

저는 순간을 사랑합니다.
또 여러분께 스며들고 싶은
예명 모먼트, 본명 김수림입니다.

자음과 모음 하나하나씩
진심을 다해 느끼실 수 있게

시간이 지나도
다시금 좋은 기억으로
떠오를 수 있도록
글을 쓰고 있습니다.

비록 제 자신이 무명일지라도,
할 수 있는 최선을 다해
어디에서나 어느 곳에서나
존재하고 싶습니다.

instagram @moment._.writer
email eunoiawendy@naver.com

『너에게 닿을 작은 글자들』

한혜윤

98년생, 전공은 영화.

글쓰기와 연기, 번역과 조금의 음악을 하고 있습니다.

스스로에게 내가 살아있고 존재함을 증명하고자,

순간순간 느끼는 감정과 생각들이 실재함을 증명하고

내가 사라질까 하는 불안함을 해소하기 위해

창작을 하고 있습니다.

지금도 마찬가지이지만,

나를 봐주고 알아주길 원하던 마음에서 시작한 창작들이

이제는 당신께 닿기 원하는 -

'당신과' 닿기 원하는 마음으로

조금씩 변하고 있는 것 같습니다.

instagram @tomato1234han

email lovleysnowball1354@gmail.com

『조각들』

조배성

『스쳐 지나간 모든 인연에게』

시는 우리 모두의 이야기입니다.
저작권이 저에게 있을지라도,
제 시들이 저만의 시가 되는 것은 원하지 않습니다.

여러분들이 보고 느끼고 생각하는 것이
정답이라고 말씀드리고 싶습니다.

제가 들려드리는 이야기가
여러분들의 마음속에서
여러분 자신의 이야기로 재탄생했으면 좋겠습니다.

백로

물 위에 물
또 그 물 위에 물
하늘 위 물들은
아래로 아래로

떨어진 물은
먼저 떨어진 물 위에 올라
춤판을 벌인다

춤판이 무르익어 갈 즈음
잔치에 찾아온 백로 한 마리
호수 중앙 바위에 올라
고고하게 날개춤을 춘다

백로여
어찌 춤사위가 구슬퍼 보이느냐
고고한 체하여도
고독해 보이는구나

백로여
어찌 혼자 와 있느냐

너도 나처럼 버림받았느냐

누가 널 버렸느냐
세상이 널 버렸느냐
혹,
네가 세상을 버렸느냐

고독함이 아름다운 그대여
이 비가 그치면 멀리 날아가길 바란다
이 세상을 떠나
하늘로, 하늘 위로

고고한 날개춤을 추던
그대의 두 날개에
내 영혼 전부 실어
구름 위 더 높은 곳으로
멀리, 더 멀리

고시원

머리에 벽
발끝에도 벽

갑갑할 수도,
안락할 수도 있는 네모 안
나는 초점 흐린 눈으로
하염없이 천장만 바라본다

무늬 하나 없는 저 하얀 천장을 향해
한숨 섞인 연기를 쉴 새 없이 뿜어낸다

지나가라 지나가라
잊어져라 잊어져라
사라져라 사라져라

환풍구 하나 없는 이 공간은
안개로 자욱해져 간다

무기력함과 우울함은
이곳에서의 오랜 친구들

나는 오늘도
감옥인지 피난처인지 모를 이곳에
스스로를 가둬놓고
끝없는 기억의 연쇄 속에서
도망칠 것이다

내일이면 이곳에서 나가서
아침 해를 볼 수 있기를

또 한 번 반복되는 기대 속에서
무력하게 눈을 감아본다

호수

호수는 거짓말을 하지 않는다
아마 그 잔잔한 일렁임으로
내 속을 꿰뚫어 보고 있겠지

자정이 가까워지는 시간,
검은 호수는 고요하다
또한 거대하다
이방인인 나로서는
호수의 장엄함에 삼켜질 것만 같다

호수는 무엇을 말하고자 하는가?
해답을 얻으려 호수를 들여다보면
수면에 비친 내 모습이 한없이 작게만 느껴진다
마치 호수 안의 세계로 빨려 들어갈 것만 같다

검은 물은 날 유혹하고,
두려워진 나는 뒷걸음질을 친다
한 번 빠지면 영원히 못 헤어 나올 것만 같아서
영원히 아래로, 또 아래로 잠식될 것만 같아서

다음날에도, 그다음 날에도

나는 호수를 서성일 것이다
호수 밖의 세계와
호수 안의 세계를
끊임없이 갈등하면서

잿빛 하늘

내가 사는 세상의 하늘은 잿빛이다

완전히 까맣지도,
그렇다고 하얗지도 않은 애매한 잿빛 세계

하늘을 바라보고 있노라면
괜히 나까지 울적해지는 것 같은 기분이 든다

이런 세상에도 사람들은 살아간다
잿빛 공기를 마시며
잿빛의 얼굴로 살아간다

어쩌면 하늘이 잿빛인 것은
잿빛 사람들의 마음이 모이고 모여
하늘에 닿아 그런 것일지도 모른다

잿빛 사람들이 모여 만든 잿빛의 물결
그 물결 속에서 유색인들은,
잿빛 물결에 휩쓸린 채 그 빛을 점차 잃어간다

오늘도 나는,

잿빛 하늘 아래 잿빛의 얼굴로 살아간다
나의 색이 원래 잿빛이었는지,
또 다른 색이었는지 모르는 채로

베개

헤아릴 수 없을 만큼
길고 또 깊은 밤이 나를 덮을 때면

나는 더욱 세게 베개를 움켜쥐고,
결코 부드럽지 않은 그의 품을 향해
더욱 깊숙이 얼굴을 부비며 파고든다

지독하게 어두운 이 밤공기가
내 전신을 짓누르면,
나는 참고, 또 참고, 또 참아보다
결국 눈물을 터뜨린다

하염없이 흐르는 눈물은 그칠 줄을 모르고,
나는 얼굴을 그에게 파묻은 채
한참을 더 흐느껴본다

결코 부드럽지도, 가볍지도 않은 그는
묵묵히, 내 얼굴을 감싸며
서툰 위로를 보내온다

그렇기에 나는 꾸밈없이 울어본다

울다가 지쳐 잠이 들어도
무뚝뚝한 그가,
내가 미처 닦지 못한
눈물 자국을 닦아 주리라는 것을 알기 때문에

가로등

밤,
어느 으슥한 골목길

녹이 잔뜩 슬어 끼익 끼익 울어대는,
털지 않은 잿빛 눈이 소복이 쌓여있는,
언제부터 그곳에 서 있었는지 짐작도 가지 않는,
가로등 여러 대가 줄지어 서 있는 곳

밤인데도 빛을 내지 않는 것들이 대다수
간혹 빛이 들어온대도,
깜빡 깜빡대다 이내 다시 꺼져버린다

그러나 아무리 제 할 일을 못 할지라도
구청 직원들도, 지나가는 행인들도,
안타까워할 뿐
감히 철거할 생각은 하지 않는다

그 누가 이들의 세월을 무시할 수 있으랴

그들이 오랜 시간 밝혀온 이 골목은
어느새 후대의 터전이 되었다

그리고 그 희미한 빛은,
우리 인생의 길잡이가 되었기에

우리가 해야 할 것은,
이 노후한 가로등들을 위하여
그들의 빛이 언젠가 완전히 꺼질 때까지,
그 마지막을 고귀하게 지켜주는 것

지다 만 벚꽃

봄 무렵이었던가
지다 만 벚꽃을 본 적이 있다

그 하얗고 가냘픈 손으로
이제 때가 되었다며 그의 뽀얀 살결을 내치려는
그 갈색의 무정한 갈퀴를
꼭 잡고 있었다

무슨 미련이 아직 남아있어
놓지 못하고 있나

간혹 바람이라도 불어오면
더욱더 간절하게 잡아보는구나

그러다 더러는 결국
낙화하고 만다

나는, 발길을 멈춰
아직 남아있는
그 손들을 바라본다

그들도 언젠간 떨어져
지나다니는 연인들의 머리 위를
낭만으로 수놓겠지

당신의 이름

조금 열린 창문 사이로
새벽의 틈을 비집고 들어와
살며시 내게 불어오던

당신은 누구십니까

밤과 아침의 모호한 경계 지점,
어느 벤치에 홀로 앉아있는 나에게
어디선가 피르르르 하며
풀벌레 소리와 함께 들려오던

당신은 누구십니까

그 미소 속 향기에 취해
꿈결 가운데를 걷게 하던,
그 눈 속 은하수에 젖어
별과 별 사이를 건너게 하던,

당신은 누구십니까

그리움이라는 이름으로 남아있는,
사랑이라는 이름으로 어깨를 내어주던,
기대라는 이름으로 미소 짓게 하던,

당신은 누구십니까

나는 그 알지 못하는 이름을,
잊으려 해도 차마 잊을 수 없는 당신의 이름을,
천 번이고 만 번이고 부르짖어 봅니다

나의 이 염원이 담긴 외침이
하늘에 사무쳐
당신의 영혼에 다다르기를
간절히 바라면서

묵념

바스러져야만 했던 수많은 아우성이,
시대와 세대를 지키고자 했던 그 함성들이,
일제히 어우러져 아름다운 합창이 되었다

거대한 바위 앞에 한 줄기 빗방울이었을 것이다

빗방울이 한데 모여 바다가 되었듯,
그리하여 바위를 깎는 거센 파도가 되었듯,
언제까지고 세상에 휘몰아치는
우렁찬 바람이 되리라

태풍이 휩쓸고 간 자리에 찌끼가 날아가듯,
이름 모를 그대들이 일궈낸 이 터전에는
더 이상 고결한 희생도,
피로 물든 총칼도 없이
기분 좋은 산들바람만 불었으면 한다

그대들이 잠든 이곳에
하얗고 하얀 꽃송이를 놓으며
나는 그대들과 같은 미래를 꿈꿔본다

불나방

불나방은
타죽을 것을 알면서도
불에 몸을 던진다

그대가 불이라면
나는 불나방

온몸이 타들어 가
결국 재밖에 남지 않는다고 하더라도

날 사르는 그 불이 당신이라면
기꺼이 바스러지리라

노을을 기다리는 이에게

노을은 태양의 또 다른 이름
저무는 태양의 마지막 뒷모습으로
찾아오는 밤에게 자리를 내어준다

밤중에는 별 뒤에 숨어서
다시 저물 때를 기다리지

그 짧은 시간 작열하기 위하여,
애타게 기다린 누군가와 마주치기 위하여,
그 기나긴 시간 동안, 어둠 속에서

행여나 다시 저물지 못할까 봐
작별 인사도 하지 못할까 봐
매 순간 노을은 찬란하게 작열한다

혹여나 이 기다림에 끝이 없을까 봐
노을은 슬픈 외침으로
그 누군가에게 이 말을 비춘다

나의 외침이 네가 있는 곳까지 닿을 수 있기를

혹 닿지 않아 듣지 못한다고 하더라도,
나는 내일도
낮의 끝자락에서,
또 밤의 뒤편에서,
다시 한번 대지를 적실 날을 기다리겠노라

별자리

달 아래,
풀벌레 소리만 고요하게
지르르르 지르르르

적막만이 가득함으로,
너를 목놓아 부르짖노라

풀밭에 누워
그대 얼굴 그리다 잠들면,

길 잃은 메아리들
밤하늘에 스미어

그대 이름 아스라이
수놓아주리라

다짐

바람이 되고자 하였다
그러나 불어오는 거대한 폭풍 앞에서
나는 간신히 땅에 붙어있을 수밖에 없었다

바다가 되고자 하였다
그러나 밀려오는 거친 파도 앞에
나는 휩쓸릴 수밖에 없었다

바람이 되지 못함으로,
바다가 되지 못함으로,

나는 그저 길가의 수많은 들꽃 중 하나로,
혹은 그저 백사장의 모래알 중 하나로,

날아가지 않기 위하여,
휩쓸려 가지 않기 위하여,

그 거대한 기세 앞에서
절망하고, 눈물 흘리고, 무릎 꿇으며
꺾이고 짓밟힌 꿈과 희망을 위하여
살아남으리라

살아남으리라

밤에 피는 꽃

잠 못 이루는 밤
그대 얼굴 한 송이

끝이 없는 밤
그대 향기 한 송이

외로운 밤
그대 음성 한 송이

사무치는 밤
그대 생각 한 송이

칠흑 같은 밤
그대 이름 한 송이

한 밤 두 밤 지날 때마다
내 밭에 피는 그대라는 꽃들

한 아름 모아
그대 만나는 날 드리리

기다림

그 시간만큼은
그대 생각만을

보게 되는 것은
평소에 보지 못한 것들
혹은 지나쳐 갔던 것들

듣게 되는 것은
수많은 조연들의
저마다의 이야기들

그 수많은 이야기 속
조연이 되는 나

주연과 조연을 왔다 갔다 하는
이 시간의 끝에는
보고픈 그대를 만나기를

이 시간만큼은
그대 생각만을

Dear.

스쳐 지나간 모든 인연에게

당신들이 훑고 지나간 자리에
남아있는 것들이
사랑이기를,
추억이기를,
짙은 아쉬움이기를

잊혀만 가는 모든 것에게

돌아갈 수 없기에 아름다운 순간들이여
더 가치 있어지기를,
더 눈부시게 빛나기를

여름철 소나기,
황금빛 오후 햇살,
아침 인사를 대신하는 입맞춤,
수평선 아래로 떠나는 노을,

우연 속 운명,
운명 속 우연,

기약 없는 기다림,
기다림 속의 약속,

보기만 하여도,
듣기만 하여도,
생각만 하여도,

미소가 지어지는 동시에 눈물이 글썽이는,
아이러니한 모든 것에게

나는 여전히 사랑할게
나는 아직 그리워할게
그리고 조금씩 기대하며
같은 자리에서 너희를 기다릴게

거울

마주 보면
부끄러울 것 같아서,

그렇다고 돌아서면
눈에 밟힐 것 같아서,

그렇게 오랜 시간을
네 앞에서 갈등하였다

결국 널 외면하고,
기억 저편으로 밀어놓은 채
또 오랜 시간을 살아갔다

어느 날
나의 생이 너무나도 허하여,
또 너무나도 거짓되어,
그제서야 너를 보았다

내 눈에 보이는
거울 너머에 그려진
일그러진 자화상

너는,
수없이 저주하고 원망하며
홀로 그 거울 속에서
모진 겨울을 버티고 있었구나

이제 너의 겨울을 끝내고,
또한 나의 겨울을 끝내어,
다가오는 봄날을
너의 손을 잡고 맞이하고 싶구나

어느 비둘기의 죽음

추락한 비둘기의 사체는
잿빛 관 위에 비틀린 채 놓여있다

잔혹하게도 그의 짓이겨진 사체는
지나가는 이들의 구경거리로 전락하고야 만다

혹은 경멸하고,
혹은 안타까워하며,
혹은 신기해한다

으스러진 날개로는
창공을 헤엄쳤으리라
꺾인 부리로는
자유를 노래하였으리라

짧은 생의 끝이 이러하리라고
그 스스로도 생각하지 못했으리라

날 수 있는 날개가 있을지라도,
노래할 수 있는 부리가 있을지라도,

거대한 힘 앞에서는
그저 한낱 젊은 비둘기 한 마리에 불과했나 보다

돌섬

망망대해에
외로이 떠 있는
작은 돌섬에는
한 아이가 산다

꽃 한 송이,
새 한 마리 없는
작고 볼품없는, 외로운 섬이지만
아이는 섬을 사랑했다

얼마나 시간이 흘렀을까
파도가 찾아왔다
아이는,
거침없이 밀려와 자신의 발을 간질이는
그 파도를 좋아했다

그러나
시간이 지날수록 파도는,
아이의 사랑하는 돌섬을 쳐서
깎여 나가게 만들었다

또 오랜 시간이 지나,

이번엔 바람이 찾아왔다
아이는,
시원하게 불어와 자유의 노래를 속삭이는,
그 바람을 좋아했다

그러나
바람은 쉬이 불어온 만큼,
짧게 머물다가
왔던 모습 그대로 쉬이 떠났다

이제 아이에게는
작고 모난 돌섬밖에 남아있지 않다

그러나 아이는
더 큰 파도가 밀려온다 해도,
더 센 바람이 불어온다 해도,
사랑하는 돌섬을
더욱 세게 끌어안을 것이다

언젠가는 아무도
이 섬을 찾아오지 않을지라도,
섬은 언제나 행복할 것이다

꿈결

한 줌의 잿더미가 되어
아련히 사라지는 너의 뒷모습을 떠올리려고
헤아릴 수 없을 만큼 많은 밤을 거닐었다

잊을만하면 불현듯 찾아오는,
너의 음성과 너의 얼굴

기억하겠노라 수없이 눈물로, 절규로 다짐하여도
어김없이 아침이 찾아오면,
흐릿한 신기루처럼 기억 속에서 사라져버린다

너와 함께 있던 그 짧은 꿈결이,
나에게는 너무나도 달콤해서
달콤했던 만큼 쓰리게 돌아온다

왜 행복은 잡히지 않고 사라져버리고 마는 걸까

나는 너와의 꿈결을 기억하기 위해
기억이 사라지는 그 순간까지
씁쓸한 푸념을 토하여본다

오늘 밤에도 나는, 너를 만나러
또 하루의 밤을 거닐며
너를 찾아 이 꿈결을 헤맬 것이다

신기루처럼 사라져 버린 너는
또 불현듯, 어느 순간에
나에게 신기루처럼 찾아오라

후회

할 수만 있다면
널 알기 전으로 돌아가
너와의 첫인사를 하지 않으리라

할 수만 있다면
널 담기 전으로 돌아가
다른 것들을 채워 넣으리라

네가 떠난 후,
돌아갈 수 없는 기억으로 돌아가기를 수십 회

오늘 밤도 나는
회한으로 얼룩진 베갯잇을 붙잡고
다시 한번 그때로 돌아가려 한다

잔상

잊고 있던 기억의 잔재들이
우연의 조각들로 형상화되어

마음 저편에 묻어두었던
시린 기억들을 떠오르게 하네

잔잔했던 바닷가에
상처를 내듯 일렁이어

고통이라는 파도로
되돌아오는구나

나 오늘 여기서 죽노라

나 오늘 여기서 죽노라

나의 조국
그 강산에서 머나먼,
가족 하나 없는 이곳에서
나 오늘 죽노라

먼저 스러져간 동지들의 시체 더미 위에서,
그들의 피로 물든 이 동산 위에서,
나 이제 죽노라

하필 오늘따라
청명한 하늘 아래에서,
부드러운 바람을 맞으며
나 여기서 죽노라

피로 얼룩진 두 손을
마지막 힘을 다해
힘겹게 모아
기도하기를,

나 지금 여기서 죽습니다
이 목숨 기꺼이 바칠 테니
광복을 주옵소서

비록 총칼 앞에 꺼져가는
작은 염원일지라도,

나의 최후의 숨결에 실어
하늘로 올려보낸다

맹꽁이의 밤

소나기가 오려는지
습기로 가득 찬 밤공기 아래,
호수의 맹꽁이들은 잠들 생각이 없다

봄을 깨우는 개구리들의 울음과는 달리,
이들의 울음은 묘하게 구슬프다

맹꽁맹꽁
지독히도 울어댄다

이들은
어찌나 자신들의 합창에 몰두했는지,
낯선 이의 발걸음 소리에도
그칠 줄을 모른다

낯선 이는 그들에게 질문을 던진다

너희의 울부짖음은 삶을 향해 내지르는 가쁜 호흡이더냐
혹은
너희들 스스로를
꿈을 잃은 패배자들로 자처하는

씁쓸한 푸념이더냐

대답 대신 울려 퍼지는
그칠 줄 모르는 울음소리

그래
울 테면 울어라
내 얼마든지 너희와 함께 울어줄 테다

너희들의 곡소리를 안주 삼아
나 또한 기꺼이 한 마리의 맹꽁이가 되어
밤새 맹꽁맹꽁 실컷 울어보리라

때마침 내리는 소나기를 약주 삼아
내 기꺼이 잔을 채워
언젠가 떠오를 아침을 기다리며
이 밤이 가기까지 잔뜩 취해보리라

맹꽁맹꽁,
우리의 노래는 빗물을 타고 세상을 적신다

한주안

『떠나가는 일』

당신에게 하려다 삼킨 말들이
어느덧 이렇게 시가 되었다

다행스럽게도 당신 없는 세상에는
당신 같은 이들이 여럿 있어서
이제나마 미안한 마음으로
당신에게 했어야 했던 말들과
당신에게 들려주고 싶었던
이야기들을 적어낸다

세상에는 슬픔도 우울도 필요하겠지만
이제 당신은 마냥 행복했으면 한다

22년 가을, 한주안

이름자

당신의 이름이었던 글자들은
여전히 시선마다 걸린다

소중히 여기던 마음에
눈에 밟힌다는 말조차
함부로 쓰지 못하고

매번 걸려 넘어진다
쓸린 마음을 쓰다듬다가

그대로 앉아 반가워하다
그리워하다 한다

여름의 섬

팔월의 하늘을 보다 왜
돌아가고 싶다는 생각을 했는지 모르겠다

밤보다 짙은 남색의 바다에서
나는 발끝을 적시지도 못하고
희어지는 파도만 자꾸 마주했다

섬 끝자락의 작은 집에는
여전히 당신 같은 외로움이
다락문을 꼭 닫고 지낼 것이다

언젠가는 흰밥에 맑은국을 차려
다락 앞에 놓아두고
가만히 마루에 나와 앉아서

볕을 맞고만 싶었다
여름답지 않게 희고
여린 빛이었다

풍화 風化

우리가 세상을 살아가는 방식은
어쩌면 조금씩 잃어가는 일이겠습니다

불어오는 모진 것들에
어린 꿈과 곁의 사람들과
어느덧 내 자신까지도

풍화하는 집과 사람들 사이에 앉아
함께 조금씩 깎여나가는 것

같은 속도로 무너지지 않으면
홀로이 사라지거나
혹은 영영 남아있게 됩니다

부수어지더라도
함께여야 하겠습니다

슬퍼도 함께라면
조금은 괜찮겠습니다

능소화

더위가 가실 무렵이 되니 이미 능소화가 가득이다
홀리듯 두엇을 꺾어 가려다 손을 급히 뒤로 숨긴 것은
문득 당신의 따끔한 눈길이 생각난 것이었는데
그 야단 같은 시선은 말없이도 분명 살아있는 것을
욕심으로 꺾어내려느냐는 것이었다

(가로등도 한참 먼 길목에서
이러지도 저러지도 못하고 한동안 서 있었던 것은
그럼에도 당신에게 이 아름다움을 건네고 싶어서였다
별이 가득한 길목에서 하늘거리는 꽃잎에게
애처로운 눈길을 보내다 잘 담기지도 않는 어둑한
사진 두어 장을 훔치듯 찍고 급히 집으로 걸음을 옮겼다
마음 같지 않은 사진일지라도 당신을 여기는 마음은
분명 담기었을 것이라 되뇌며)

안부

자주 속이 더부룩하고
체증을 앓는 것은

먹고 가라시던 밥을
먹지 않아서라고 생각했다

손사랫짓하는 자식을
떠나보내는 아쉬움이
명치께에 뭉쳐 단단했다

바빴다는 핑계도 이제는
말할 사람이 없었다며

상을 치르고 온 이는
눈물을 훔치며
한숨 같은 말을 이었다

밥 드셨어요?
아픈 데는 없고?
응 응
나도 잘 있어요

대뜸 전화로 묻는 안부에
되묻는 소리가 유독 밝아

그 밤에는
괜히 시간이 짧은 듯
바삐 울었다

삶에도 끝이 있다는
고마운 일이
그 밤에는 꽤나 밉기도 했다

떠나는 소리들

기차의 6번 칸
창가에 앉으면

임실을 지날 즈음
역전에 사는 이들을 볼 수 있습니다

하루에 수 번 지나는 열차는
많은 사람을 싣고
그보다 적은 이들을 두고 떠납니다

유리창 하나를 사이에 두고
매번 멀지 않은 이들에게
물음을 던집니다

웅성이는 인사들과 떠나는 소리들을
어떻게 품고 사십니까

그 멀어지는 소리들은
어떻게 품고 살 수 있습니까

오랜 버릇

이유 없이 종종 명치께가 시큰해지는 일을
당신은 병이라 불렀고
나는 버릇 같은 것이라 답했습니다

입술을 물어뜯고 다리를 떠는 일처럼
당신은 종종 근심하고 나는 숨기는 일들이
저녁에는 그 외에도 여럿이었습니다

어떤 버릇은 병을 낳고
어떤 병은 차라리 버릇 같은

여전히 어렵고
한껏 서툰 날들이었습니다

삶은 달걀

우리는 자주 농담을 하곤 했는데 별안간
오늘이 되어서야 생각이 난 것은
당신의 "삶은… 달걀"이라는 장난이었다

그것은 '삶'이라는 명사와 '물에 넣어 끓이다' 라는 뜻의
'삶다'를 이용한 것이었는데 진지한 분위기를
금세 귀여운, 그러니까 삶은 달걀 같은 것으로 만드는
그 장난을 나는 꽤나 아끼고 사랑했다

(어쩌면 그 농담을 사랑했던 것은 그것을 말하는 목소리와
나의 반응을 살피는 동그란(그러니까 삶은 달걀 같은)
그 눈을 사랑했던 것이었다)

별안간 이 농담을 기억하는 것은
비단 내가 달걀을 삶다가 펜을 들었기 때문이 아니라
이토록 삶에 녹아든 당신을 놀랍고 그리워하기 때문이다
당신은 달걀에도 물잔에도 부엌의 수세미에도 녹아 있다

그래서 하고 싶은 말은
당신이 언제쯤이면 돌아오겠냐는 것이다
다음 주면 좋고 내일이면 더 좋고

진정 원하는 것은 당신이
지금쯤 문을 박차고 들어왔으면 하는 것인데
다만 그것의 답이 영영이라면
나는 차라리 귀를 막은 채 조용히 울고만 싶다

새벽의 빛

어느새 연한 새벽빛이 들었다

푸르고 흐릿한
그 속에 잠들지 못한 눈을 비비고
유리잔에 물을 따라 마신다

가을의 새벽에는
겨울의 밤과 같은
여리고 청초한 것이 있다

어느 손끝과
머리칼과
흰 어깨에도 묻어 있던

푸르고 흐릿한

잔상 殘像

멀어지고 나서도
한참을 남아있는
사람이 있다

비로
골목으로
시의 한 구절로

곁에 없어도
한참을 볼 수 있는

그런 사람이 있다

온기의 온기

온기溫氣라 이름 붙인
고양이 하나를 키웠다

몇 년간 사람처럼
자식처럼 지내는 일을
철없이 반가워하며

온기가 떠나고는
화초 하나를 겨우 키웠다

닿아도 따듯하지 않으면
떠나도 슬프진 않겠다는 마음이었다

이름 붙이지 않은 화초가
시들어 떠난 후에는
아무것도 키우지 않겠다 다짐했다

떠나보내지 않는 삶이라면
외로워도 슬프진 않겠다는 마음이었다

두고 온 자리에서

잃어버린 것은
모두 미련이 되었다

어린 시절 잃어버린 연필 두어 자루와
졸업식 날 학교에 두고 온
시집 한 권이 그랬다

잃고 나서야
홀로 남은 것들을 생각하며
슬퍼하는 일이 여럿이었다

두고 온 자리에서
울고 있을 것들을
나는 항상 미안해했다

네가 나를
잃어버린 거라 하던
당신의 눈물도 선명했다

우리는 두 개의 선이 되어

나의 발등에 당신의 발을 올리고
작은 바닥을 유영하는 일을

당신은 안무라 했고
나는 곡예라 했다

낙엽이 질 무렵의 밤은
마냥 선선해서

서로의 온기를 닿고 있는 일도
그저 좋은 일이 되었다

우리는 두 개의 선이 되어
옅은 그림을 그리며

남색 짙은 밤을 천천히
조용히 맴돌며

환절기

날이 서늘해서
더욱이 혼자일 수 있는 밤이었습니다

창밖 공기와 바람과 땅을 덥히던
여름의 날씨도 가고

잠들지 않으면 더욱 길어지는 밤도
이내 한동안 함께일 것입니다

그즈음에는 기억을 오래 머금고
늦도록 깨어있는 날들도 있겠습니다

찬바람처럼 지나는 것들을 보다
자그마한 웃음도 지어볼 것입니다

마음에 남은 이가 많아
더욱이 혼자일 수 있는 밤이었습니다

가을에는 고개를 들고

희미해지는 슬픔들을 생각하면
잘 잡히지 않는 손목의 맥脈도
아플 것이 없었습니다

가을의 구름은 높고 여려
빨래나 우산을 걱정하지 않고도
오래 볼 수 있습니다

하늘을 오래 보는 사람은
미쳤거나 슬픈 것이라던
당신의 말도

낙엽이 맺힐 즈음이면
조금은 웃어 보이며
기억해 낼 수도 있습니다

그리워도 하늘을
오래 볼 수 있습니다

외연 外緣

사람을 가장
슬프게 하는 것은

울음이 아니라
한 번도 울지 못 해본
사람들일 것이라고

당신은 흘리듯 말했습니다

떠나보내지 않기 위해
여린 속을 감추던 시절을
겉돌다 떠난 이들이 많았습니다

끊어진 연緣의 이유를
여전히 겉에서 찾고 있던
시절의 일이었습니다

마중하는 길목

마중하는 길목에 서서
당신의 뒷모습을 바라봅니다

떨어지는 발걸음마다
돌아서 꺼내지 못할
말들을 가득 담고

멀어지는 걸음을
무겁게 바라봅니다

고작 반 바퀴를 도는 일
발끝에 힘을 가득 주고
숨을 고르게 쉬어도

돌아서는 일이
어찌 편하겠습니까

가만히 서서 멀어지는 나의 일도
어찌 이리 버겁습니다

한 철 인연

우리의 삶에는 항상
오가는 것들이 있고

당신의 삶 속에
나도 다를 것 없었다

한 철 지나는 속에
서로의 부재를 받아들이며

계절이 돌아오면
볼 날이 있을 것이라며

차오르는 울음을 두고
애써 웃어 보이는 얼굴

웃음은 낙엽 같고
숨긴 눈물은 봄꽃 같았다

당신의 노래

시월에는 당신의 무릎에 누워
콧노래 같은 숨을 뱉곤 했었다

당신 같은 노래를
만들고 싶다는 생각을 하며

얼굴과 얼굴 사이
흐르는 선율 하나를 잡아
시 같은 당신의 말로
가사를 붙이고

나지막이 부르다 보면
당신은 항상 웃어주었다

요즘에도 종종 흥얼거린다
그러다 보면 꼭 당신이 와서
노래 같은 소리로 웃어줄 것만 같다

우리의 삶은 낡은 책처럼

모르는 이 하나가 곁에 앉아
낡은 책 하나를 읽고 있다

해어진 표지와 색 바랜 종이의 냄새가
곁에 앉은 내게도 품처럼 파고들었다

그이는 이미 여러 번
그리고 또다시 그것을
펼쳐 들었을 것이다

무슨 이유로 거듭 읽으시냐고
구태여 묻지 않았다

이유도 없이
다시 보고만 싶은
그런 것들도 있는 것이다

어쩌면 지루할 정도로
이미 다 알고 있더라도

오래된 것

오래된 것을 좋아하는 이유는
어쩌면 과거에 살기 때문이다

연갈색의 식탁에 당신의 밥을 차리고
같은 색의 의자에 당신이 앉던 일도
이제는 오래되었다

앉지도 버리지도 못하는 일들로
방안을 가득 채우고 살았다

그러다 보면 익숙한 모양에
당신이 올 것도 같았기 때문이다

과거에 있는 당신의 외연도
흐려진 지가 오래되었다

그러니 당신은
지금 오거나
차라리 영영 오지 말아라

그림자의 고향

그 작은 마을에서는
별이 들어도
그림자가 잘 지지 않고

남은 이들이 떠나는 이들에게
외롭지 말라며 그림자를 하나씩
들려 보냈다는 설화가 있습니다

보낸 이들에게는
두 개의 그림자가 지고
그만큼 밝은 별도 비치겠습니다

그곳의 사람들은
가로등의 불이 들어오지 않아도
누구 하나 불평하지 않습니다

밤마다 떠난 이들을 위해
기도하는 소리를 듣다 보면
한밤도 그리 어둡지는 않은 곳이었습니다

떠나는 약속

영영 멀어지는 발걸음이
어찌 가벼울 수 있겠습니까

돌아오겠다는 약속 없이
영영이라는 시간

떠나는 이도 어쩌면
남아 기다리는 시간입니다

서로가 기다린다면 분명
다시 만날 수 있습니다

봄 꽃잎이 다 지고
눈꽃이 그 자리를 채우는 일이
몇 번이라도

서로가 기다린다면
그것만으로도 분명히
다시 만날 수 있습니다

이별 선물

당신이 책을 받아들며
툭, 하고 떨어트린 것이
책갈피였는지 눈물이었는지
나는 잘 모릅니다

돌아보지 않은 일에 대한
형벌쯤으로 생각합니다

혹여 슬픔이었을 그것을
뒤돌아 감싸지 못한
예, 그것은 형벌이 맞았습니다

당신이 가고
진 자리에 앉아

그 책은 겨울에 열어보기로 정했습니다

희어지는 속에
글자 몇을 적습니다

여전히 눈 대신 비가 내리고
추위마저 기약 없는 중에
어둑한 하늘 속에 머리만 희어집니다

오늘의 공책에는
당신 이름을 여럿 적다

누가 볼까 두려워
고이 접어두었습니다

당신 이름을 버리기는 또 싫어
곱게 뜯어 두었다가

아끼는 시집의 안에 가만히
넣어 두고는 가슴을 쓸어내립니다

먼 후에 누군가
열어볼까 두려웠습니다만

어차피 그것은
다시 나일 것만 같아
염려할 거리 삼지는 않기로 합니다

그 책은 겨울에 열어보기로 정했습니다

그즈음이면
시집을 열어볼 이를 찾거나
쪽지들을 빼어버려도 아프지 않겠습니다

막차

막차를 기다리는 발걸음들이 종종거린다

이곳의 교통은
그다지 좋지 못하고

막차가 떠나면
사람들은 긴 밤을 걸어야만 한다

발에 꼭 맞는 단화 하나가
문득 지나는 시선을 잡아둔다

나는 구석에 서서
그녀의 귀가를 걱정하고
발이 부을 아침을 걱정하고
가로등 밝지 않은
이곳의 거리를 걱정한다

막차에는 남은 자리도
내릴 사람도 많지 않다

연 鳶

연緣은 연鳶 같다는 말장난을
나는 두고두고 즐거워했다

얼레의 실을 길게 풀어
하늘로 올려보내다

이내 끊어져
높고 멀리

당신은 연이 날다
별이 되는 거라 했다

내가 놓쳐
별이 된 연이
밤에는 가득이었다

당신처럼
빛나던 연이었다

장면의 반대편

장면의 반대편에 서서
당신의 시선을 봅니다

점점 멀어지는 내가 점이 될 때까지
손을 흔들어 보였던

당신의 흔들리는 팔이 되어
얇고 희던 당신의 옷소매가 되어

점이 사라지고도 한참 뒤에서야
돌아선 눈물을 닦아냅니다

나는 보지 못하고
당신은 오래 보았을
장면의 반대편을

나는 이제야
보고 있습니다

눈인사

마주치는 눈길 곁으로
지난 것들을 흘려보낸다

재회를 생각하지 않았으니
서로의 마음속에서
우리는 이미 죽은 것이었겠다

미지근한 인사 한마디도
나누지 않기로 하고
각자 살던 삶을 마저 살자며

급히 돌리는 시선에는
말없이도 많은
말들이 담겨 있다

다락의 일

그저 여기에 있을 거라는 말을
남기고 오려다 돌아섰었다
당신에게 짐이거나
목에 걸리는 가시이고 싶지 않았다
덕분에 낡고 오래된 장난감처럼
여전히 한구석에 남아
가만히 있다
기다린다 말하지 않았으니
언젠가 찾겠다는 기대도
하지 않을 수 있다

남아있는 일은 어쩌면
한없이 기다리는 일이다

기다리며

기다리는 일은 시간을 죽이는 일인 탓에
나는 꽤나 많은 일을 하며
시간을 보낼 것입니다

울음과 공허히 앉아있는 일을
가끔은 질투하거나 당신의 흉을 보기도 하며
그렇게 시간들을 버려낼 것입니다

분노와 그리움과 우울과 애정이 섞인
흐릿한 색으로 시간들을 칠할 것입니다

그래도 그 끝에는
사랑을 닮은 무언가가
남아 있을 것입니다

작은 자리

떠난 자리에 오는 것 있고
지난 자리에 남는 것 있다며
당신은 빈 요람을 고이 쓰다듬었다

배냇저고리와 포대기
작은 양말과 젖병을

나는 흉터로 여겼고
당신은 생生이라 여겼다

당신의 생마저 빼앗는 것 같아
석 달째 그대로 둔
볕이 잘 드는 방이었다

새벽마다 그 안에
조용히 두고 오는 눈물을
아는 척할 수 없어

아침마다 당신을
오래 끌어안았다

할 수 있는 일이 많지 않아
매번 나서는 현관 앞에
당신 같은 눈물을 두고 다녔다

비처럼 왔다가
눈물처럼 말라버린
작은 자리였다

이름의 무덤

잊을 수 없는 사람이라면
더욱이 잊어버려라

오랜 세월 지나도
문득 가슴을 먹먹하게 하는
떨리는 손끝을 감싸 쥐게 하는

그런 사람일수록
더욱이 잊어버려라

기억함으로 괴로울지라도
가슴을 쳐 가며 묻어야 하는
그런 사람도 있는 것이다

손 닿을 거리에 당신이
눈 마주치며 서 있을지라도

오늘도 당신의 이름 위에
고운 흙을 덮고 또 덮는다

동면

한때 죽을 듯 사랑하였으나
이제는 아무렇지도 않을 때
어떤 기억은 죽음을 맞는다

잊은 듯 수 해를 살다가도
마주한 명치께가 먹먹해질 때
어떤 기억은 살아있었음을 말한다

나의 어떤 기억은 분명 살아있으나
먼 당신의 덕으로
깊이깊이 잠들어 있다

겨울이다
눈 덮인 기억 속에서
당신은 죽은 것이 아니라
깊은 겨울잠을 자는 것이다

덧붙이는 말

손을 잡고 거리를 헤매이면서도
틈을 따라 나오는 웃음이 우리에게도 있었다

서로에게 토라져 있다가도
슬그머니 잡는 손이 우리에게도 있었다

부족한 잠을 덜어가며
밤새 전화를 하던 목소리가

그 안을 채우며 피어나던
소중히 사랑하던 마음이 우리에게도 있었다

잠든 당신의 온기를 따라
새벽을 한참 떠다니던 나도
그즈음에는 분명 있었다

침대맡 편지

당신께 닿는 나의 글은 시가 아니라
하나의 편지 같은 것이었으면 좋겠습니다

문학과 예술이라는 고상한 것이 아니라
당신의 마음에 다행스러운 일을
하나쯤 놓아두는 것

책을 덮고 불을 끄고
잠드는 숨소리를 잔잔하게 하는 것

그것이면 나는 족하겠습니다
이 밤에도 먼 당신은 편안할 것이라는

그것만으로도
참 다행이겠습니다

이성관

『결국 지나가는 시간』

어른이 된 이후로
아플 때 맘껏 아파하기엔
새삼 눈치가 보입니다
좋을 때도 마찬가지입니다.

겉으로 드러내지 못하는 감정은
안에서 가시가 되어 살갗을 뚫고 나옵니다.

날씨가 좋아서 아팠던 날이 있고
사람이 떠나서 아팠던 날도 있습니다.

한 줄 한 줄이 감정을 머금어
그대의 상처에 연고처럼 스며들기 바랍니다.

백야

나의 하늘을 쪼개어
너와 나눌 수 있다면

우리 사이 허수로
가득 찬 공간을 가로질러
너의 하얀 손을 잡을 수 있을까

나의 밤에 피어난 달을
네게 건네줄 수 있다면

우리 사이 태엽과
고장 난 시간을 새로 고쳐
너의 얼굴을 마주 볼 수 있을까

이제는 꿈으로 남아버린 너와
빛의 산란으로 사라진 흑야

백야로 잠 못 이루는 하루엔 네가 없구나

비상탈출

너의 곁에서 멀어진 지
며칠이나 되었을까

연료를 다 쓴 추억은
궤도를 벗어나며
하염없이 추락할 뿐이었다

순간의 무중력 이후 따라오는
호흡의 정체와 의식의 소실
그것은 이별에 따른 후유증

끝내 비상탈출을 시도하고
공중으로 높이 날아오르는 순간
하늘이 온통 너였단 걸 깨닫는다

너로부터 멀어지는 모든 순간이
너에게로 불시착하는 순간이었다

열대야

해는 이미 잠들었는데
더위는 잠들지 않던 밤

달이 유독 빛났음에도
꿈이 악몽 되어 뒤척이던 밤

한밤중 달아난 나의 잠결처럼
혹여 그대마저 사라질까
잠깐의 무료한 정적 끝
살며시 그대를 끌어안았다

열대야, 뜨거운 바람이 불던 밤
내 품의 그대가 더욱 뜨거웠기에
여름이 가시지 않았음에도
열대야는 끝나고 있었다

아팠던 밤

뜨거운 이마 식혀주던
차가운 손이 그리운 밤

잠에 들 듯 들지 못한
작은 숨이 헐떡이던 밤

잠긴 목소리로 전한 아프다는
한 마디에 더욱 아파해준

이제는 은하수에 물을 길러
저 멀리 떠난 그 사람

빗소리가 만들어낸 백색소음에
파묻혀 잠을 청한 아팠던 밤

그 사람의 따스함을 담고
은하수에서는 비가 내렸다

애너그램

사하랑는 마음은
숨길 수가 없어요

거봐요. 이렇게
엉진망찬 말해도

그대는 내 맘을
알아봤아잖요

* 해당 시는 일부러 세 가지 단어의 배열을 뒤틀었습니다.
단어 배열을 바꿔도 문장을 알아볼 수 있듯이 숨기려 해도 알게 되는
짝사랑의 마음을 표현했습니다.
'애너그램'이란 단어의 순서를 뒤바꾸는 행위를 뜻합니다.

주차금지구역

이미 혼잡한 마음이니
주차는 삼가주세요

그리움만 대고 떠난 당신 탓에
이제는 누구도 지나갈 수 없는
길목이 되어버렸으니까요

그리움을 끌고 오려거든
떠날 때도 그리움과 함께 떠나주세요

주인 없이 멈춰선 그리움은
제가 옮길 수도 없으니까요

시간은 한 보 마음은 반 보

시간이 한 보를 걸을 때
마음은 반 보를 따라갑니다

그렇기에
시간과 함께 걸어간 몸은
늙고, 병들고, 약해지지만
마음만은 쉽게 늙지 않지요

어른스러워질지언정
언제나 사랑받고 싶은
철부지가 되는 것은
이러한 이유 때문입니다

한참을 앞서 나가버린
시간의 뒷모습을 바라보며
마음은 무슨 생각을 할까요

너무나 빨리 가버린 시간이
야속하기도 하고,
너무나 느리게 걸은 자신이
안타깝게 느껴질지도 몰라요

하지만 시간을 뒤따라 걸어감에
우리는 추억 할 수 있답니다
시간의 발자국을 따라 밟으며
젊은 날의 그날을 떠올리게 되지요

시간은 한 보를 걸을 때
마음은 반 보를 따라갑니다
시간이 한 보 앞서간 만큼
마음은 과거를 추억합니다

사랑은,

형태가 없는 것에
이름을 붙이는 것은
참으로 어렵다

이를테면 마음

우리는 보이지도 않는 마음에
다양한 감정들을 쉬아내어
이것은 무슨 감정,
저것은 무슨 감정,
하나하나 이름을 붙인다

그러나 무수한 명명에도
사랑은,
사랑이란 이름으로
오지 않았다

설렘이라는 이름으로 와
후회라는 이름으로 바뀔 뿐
한껏 그리워하고 나서야
그것이 사랑이었다 되짚는다

사랑은,
그대가 곁에 있을 때
알아채지 못하면
영영 그 이름으로 부를 수가 없다

관측

내게 보이는 그대는
저어기 멀리 보이는
아름다운 별과 같아서

한참 바라보다가도
한 걸음 다가가려 하면
어느새 과거가 되어버립니다

때때로 나는 유성의 움직임을 따라
밝게 빛나던 그대를 관측하곤 했지만

우주선을 타고 가까이서 바라본 그대는
오래전 백색왜성이 된 채
한없이 말라가고 있었습니다

몇억 광년 너머 빛으로는
여전히 빛나던 그대이건만

관측할 수 없는 시간이란
이리도 날 괴롭게 하는 건가요

계절은 꽃을 그리워한다

어제 하나의 꽃이 시들었고
계절은 마지막을 예감한 듯
꽃의 흔적을 어루만졌다

꽃은 영원을 탐닉하였기에
필시 자신의 아름다움과 향기로
계절을 매혹하여 자신을 사랑토록 했다

한 번으로 끝날 조촐한 삶이라도
계절의 기억에 남아 머물게 된다면
그것은 꽃에게 있어 영원을 뜻했다

꽃이 피어나면 계절은 뒤따라 걸었다
계절은 시든 꽃을 그리워하며 뒤로 걸었다
무한한 되감기 속 사랑하던 꽃을 찾는다

계절이 돌아간다 계절이 돌아온다
계절의 걸음은 언제나 뒷걸음질
오늘도 계절은 꽃을 그리워한다

그 사람은 내게 네잎클로바였다

쉬는 시간이 생길 때면
그 사람은 책을 즐겨 읽었다

책을 읽다 좋은 말이 눈에 띄면
책갈피를 꽂아다가 독서를 멈추고
내가 돌아오기만을 한없이 기다렸다

“우연히 본 책에서 좋은 구절을 본다는 건
풀숲에서 네잎클로바를 찾는 것과 같아”

그 사람은 자주 그런 말을 건네며
자신이 찾은 구절을 내게 읽어주곤 했다

“네잎클로바를 준다는 건
행운을 건네준다는 것과 같다던데”

“괜찮아 넌 내 행운을 받을 자격이 있어”

그 사람은 언제나 그랬다
내게 자신의 행운도 모두 건네준 사람
내가 발견한 최고의 행운
그 사람은 내게 네잎클로바였다

비가 올 때 잠들자

토닥토닥
비도 내리겠다
우리 함께 밤을 재우자

지금 자고 일어나면
검은 구름은 저물고
푸른 하늘이 피어날 거야

지붕 타고 흐르는
자그마한 속삭임은
우리의 밤귀를 간질이고
자장가가 되어주겠지

비가 올 때 잠들자
이 밤이 더 어두워지기 전에
잠에 들지 못할 만큼
시끄러운 천둥이 치기 전에

비가 올 때 잠들자
일어나고 나면
무서운 건 하나도 없을 거란다

꽃구름

노을 질 무렵
구름이
색조화장을 했다

차암 곱다
늘 맨얼굴만 보이다
가끔가다 아름다운 것이
꼭 내 마누라를 닮았다

시인

시가 책상에 걸터앉아
나에게 말을 건다

너는 어떤 사람이니
너는 어떠한 꿈을 꾸니
너는 어떠한 바람을 갖고
또 어떠한 말을 하니

무수히 많은 질문에
찬찬히 시에게 답했다

나는 그대를 사랑하는 사람
그대와 함께 꿈꾸었으며
그대를 내 것으로 하여
그대로 하여금 말하는

나는 시인이라고

여름잠

겨울에 꽃을 피우려
여름잠을 청한 꽃

모두가 그맘때 꽃을 피워
모두의 사랑을 받고 있던데
한때의 무더위가 너에게는
많이 힘이 들었었나 보구나

남들과 달라도 괜찮아
언젠가 너의 계절이 된다면
그때 꽃잎을 터트려주려무나
추운 겨울조차 너의 색으로
아름답게 이겨낼 수 있도록

모두가 겨울잠을 잘 때
피어난 수선화처럼
여름잠에 빠져든 너를 위해

좋은 날 숨어버린 그대에게

날도 좋은데
바람이나 쐴까요
집에서 바라보기엔
햇살이 너무도 빛나요

집도 좋지만
창밖의 세상에선
수많은 행복이
둥둥 떠다니고 있는 걸요

오랜만에 좋은 날이에요
비도 그치고, 먼지도 없고
덥지도 않고 딱 좋은 날

오늘은 날이 좋아서
내게는 그대가 필요해요
그대에게도
내가 필요할 것 같은데
우리 함께 행복해질까요?

창틀에 낀 먼지

아프지는 않지만
거슬리는 존재가 되고 싶다

손끝의 가시보다는
창틀에 낀 먼지가 되고 싶다

짝사랑이 아프기까지 하면
너무 큰 고통인 것을 알기에
너를 아프게 만드는 가시보단
가끔 보일 때만 신경 쓰이는
먼지 같은 사람이고 싶다

소라고둥

바다와 함께 살아온 소라는
바다를 떠나더라도
자신의 몸속에 바다를 품고 산다 지요

그대와 함께한 시간이 긴 탓에
그대가 떠난 후에는
저 또한 이 맘에 그대를 품고 삽니다

여전히 제 귓속에서는
그대의 목소리가 파도처럼 첨벙이고
소라껍데기 뱃속에는
그때의 파도가 목소리처럼 곱씹히며

후회의 궤적을 따라 만들어진
신기루 같은 소리에 오늘도 맘속 그리움은
파도 앞의 모래성이 되어 으깨지고 부서지고
흔적만 남고서는 이내 다시 쌓여갑니다

한참을 반복하는 과정 속 남은 거라고는
그대라는 바다와, 저라는 소라고둥 뿐…

설단 舌端

하고자 했던 말이
입 밖으로 떠나질 못한 채
혀끝에만 맴돌고 있다

떠나는 이를 앞에 두고
어떤 말도 전하지 못한
미련한 이별

내 잘못으로 점철된 그대 뒷모습에
무슨 말을 건넬 수 있을까

결국 이런저런 핑계만 대다
전해야 할 말도 전하지 못한 채
보내지 말아야 할 그대를 떠나보냈다

노이즈

그대가 음절을 내뱉을 때마다
최악의 음질이 고막을 때린다

듣기 싫은 소리라서 노이즈가 생기는 것인지
노이즈가 생기기에 듣기 싫은 소리인 것인지
원인불명에 딱히 할 말조차 없어
휴대폰 너머 그대 잔소리엔 오늘도 딴청으로 답한다

이상하다
분명 처음에는 안 그랬는데
언제나 듣고 싶은 그대 목소리였을 텐데
노이즈를 핑계로 어느 순간 전화를 피하는 우리

오래된 핸드폰에서 노이즈가 생기는 걸까
오래된 우리 사이서 노이즈가 생기는 걸까

낙월

긴 밤을 지나 아침이 오는데
그대는 어디에 머물고 계신지요
그토록 어둠을 밝혀주시더니
금세 제게서 몸을 감추셨습니까

그대가 빛나도 저는 하늘에 닿을 수 없기에
오늘 밤은 잔잔한 호수에 돛단배를 띄워
물결을 내며 그대에게 다가가려 합니다

호수의 그대를 어루만지며 묻습니다
그대의 하늘에서는 제가 떠올랐는지요
그대의 호수에서는 제가 일렁이는지요

아아, 오늘 밤도 대답은 들리지 않고
그대는 아침과 함께 사라지시는군요

낙월, 달이 저묾니다
늘 그렇듯 미련은 다시 피어납니다

백일홍

그저 백일 간의
달콤한 꿈이었을까

붉은색 옷자락 휘날리며
함께 들판을 거닐던
그때가 이리도 생생하건만

소중한 사랑이 떠나감에
꽃이 지듯 사랑도 저물고

흐트러진 꽃잎 사이
거름으로 남은 이내 마음은
그대를 품던 붉은 빛도 잃어버린 채

점차 백일홍으로 시들어
여름의 끝을 선고하는구나

고슴도치 딜레마

외로움보다 아픈 건 없겠지
제 가시에 베인 살갗이 쓰라려
보듬어줄 누군가 필요했던 거야

홀로 견디다 너를 만났지
너 역시 가시 끝 핏망울 맺힌 채
비슷한 나를 기다려왔던 거야

우린 서로를 향해 달렸지
성급했어, 자기 가시로도 모자라
서로의 가시에게 찔려버린 거야

고슴도치 딜레마처럼
우리는 서로의 가시로 인해
외롭게도, 괴롭게도 되어버렸어

바람이 불던 날

다신 오지 말라던
한마디 그리 힘겹게 내뱉더니
바람이 불던 날 떠났구나

왜 오늘 떠났나
비 내리는 날 떠난다면
비에 덧대어 울었을 텐데

온종일 누워만 있더니
갈 때는 빨리 떠나가기 위해
바람이 불던 날 떠났구나

왜 오늘 떠났나
바람 불거든 흘리는 족족
눈물이 말라버릴 텐데

끝까지 내 걱정한 끝에
계속 울어 탈 나지 않도록
바람이 불던 날 떠났구나

환상통

나의 것을 잃어버린 뒤
이제는 덧없어진 허구의 공간에서
소리도 내지르지 못할 통증이
헛구역마냥 끝도 없이 차오른다

혼자 돌아가는 길에는
무심코 그 사람의 언어를
사용해버리고는 한다

혼자 밥을 먹는 중에는
무심코 그 사람의 식습관을
따라 해버리고는 한다

존재하지도 않는 그대를 바라보며
사랑한다는 말을 내뱉을 때는
그 비참함이 이루 말할 수 없이
나를 집어삼키고는 한다

더는 그 목소리로 내 이름을
부르지 않을 것을 알면서도
더는 그 작은 손이 내 손을

붙잡지 않을 것을 알면서도

더는 그 사람이 나의 것이
아니란 걸 알면서도
나는 때론 환상통을 느끼고는 한다

사진

결국 남는 건
사진이라던데

그대가 없으니
사진도 버리게 돼

결국 남는 건
후회였나 봐

때론 꽃길을 걷지 않아도 괜찮다

우리 모두는 매 순간
꽃길을 걷고 싶어 한다

그럼에도 삶이 언제나
꽃길일 수는 없는 법

그러니 때론 꽃길을
걷지 않아도 괜찮다

우리의 바쁜 걸음에
무심히 밟혔던 꽃들이
다시금 피어나는 시간이라 여기자

나를 위해 희생해온 다른 이의
삶과 상생하는 시간이라 여기자

인생이란 오랜 걸음에 그댄
때론 꽃길을 걷지 않아도 괜찮다

시들지 않는 꽃

나는 예정된 세포의 죽음을 따라
그저 한없이 죽어가고 있을 뿐

시들기 위해 피어난 꽃과 같이
삶이란 죽어가는 과정에 있다

성장하기 위해 우리는 필연적으로
죽어가고 천사의 몫을 두어 상실해간다

시들어 가기에 아름다운 것이다
시들어 가기에 애틋한 것이다
시들었기에 아파할 수 있는 것이다

꽃은 시들기 원한다
뿌리마저 시들어 버리지 않도록
꽃은 그렇게 시들어 간다

여우비 내릴 적

여우가 시집가던 날
구름이 그리도 울었다던데

그 마음이 내린 탓에
여우비에는 사랑도,
이별도 남아있다지요

어느 맑은 날 갑작스럽게
내리는 여우비처럼
사랑은 갑작스럽게
마음에 스며들고는 합니다

어느 맑은 날 벚꽃잎을
앗아가는 여우비처럼
이별은 준비도 없이
눈가를 적시고 떠나갑니다

이토록 여우비가 내렸으니
여우는 이제라도 구름의
마음을 알았을까요

불완전연소

어느 날 네가
생각날 때가 있다
어느 날 네가
그리울 때가 있고

또 어느 날에는
너를 욕하고 싶을 때가
그다음 날에는
머릴 부여잡고 후회할 때가 있다

사실 그럴 때가 많다
지금 우리는, 아니 나는

한쪽만 정리되어버린,
남은 쪽은 무엇 하나
다 태워버리지 못하고
마음만 그을려 버린 그런 관계

한때의 첫사랑이
평생의 짝사랑이 되어버린
그런 미완의 관계

제대로 사랑하지 못했기에
이별을 받아들이지 못한
그런 불완전연소 관계

빽 투 더 퓨처 Back To The Future

비가 내리는 날
차를 타고 다니노라면
창문에 옅게 매달린 빗물이
중력을 거스르며 하늘로
올라가는 모습이 보인다

그 모습이 마치
시간을 되감는 것처럼 보여
영화 '빽 투 더 퓨처'의
한 장면이 된 것 마냥
오래된 어른의 심장이
두근- 설레고는 한다

이제는 꿈꾸는 나이를 지나
허황된 얘기는 믿지 않지만
그 순간만은 나 또한
타임머신을 타고 시간을 거슬러
영화에 푹 빠지던 아이가 되었다

목적지에 다다르자 타임머신이 점차
본래의 모습으로 변해간다

아이는 다시 완연한 어른으로 성장해간다

꽃가루

사랑과 재채기는
숨길 수 없다던가요?

'잠깐 만나자'라는 그 한마디가
제 코끝을 간질이는 걸 보니
그대는 말 한마디를 건넬 때도
꽃가루가 묻어나오나 봅니다

계절을 품은 이 마음 탓인지
그대의 얼굴을 마주한 저는
사랑과 재채기 중 무엇 하나
숨길 수 없을 것 같아요

납골당 앞의 정류장

할머니가 계신 납골당 앞에는
버스가 다니지 않는
정류장 하나가 놓여 있다

목적지도, 태울 이도 없는데
무얼 기다리는지 알 수 없는 정류장

아마 저승길 다니는 노선인가
우리 할머니 버스 타고 여로 오시려나
오거든 힘들게 걸어오지 말고
버스라도 타고 편하게 오시면 좋겠다

이런 내 마음 눈치챘는지
내 옆 나란히 정류장 바라보던 어머니

나의 어머니는 어릴 적
할머니를 마중 나갔던 모습 그대로
정류장에서 할머니를 기다리고 계셨다

딜레마 존

그대가 내게 보인
노란불 신호

선을 넘지 말라는 뜻인지
빨리 넘어오라는 뜻인지

짧은 순간 머릿속을
스치는 오만가지 생각에

우리 사이 거리를 잰 후
조심스럽게 속도를 줄인다

가깝지만은 않은 우리 사이
괜히 선 넘다 마음에 사고 날라

그대와의 거리를 줄인 채
확실한 파란불을 기다리련다

새벽이 깨지다

시끄러운 소리와 함께
어둠 속 고요함이 깨졌다
새벽은 시간에 의해
무력한 유리 조각이 되었다

새벽의 끝을 고하는 순간
'오늘'이 깨어났다

몇 번이나 오늘을 보내야
그토록 바라던 내일이 올까
허무하게 버려진 어제는
다시금 오늘에게 기대했겠지

그러나 오늘도, 그리고 내일도
결국에는 변하지 않을 걸 알기에
영원히 새벽에 갇히고 싶다
스스로가 깨져나가지 않도록

능내역 폐역

떠나간 이를 기다리는 건 괜찮다
본래 보내주는 것이 나의 일이니까
혼자 남아 추억하는 것도 괜찮다
사람의 온기는 쉽게 식지 않으니까

허나 마을의 한 아이가 노인이 되고
다시 그 노인의 손자가 성인이 됐을 무렵
뒤돌아보지 않는 기차는
오랜 역 안의 마지막 승객을 태웠다

모든 게 떠났으니 남은 것을 한 번 세어본다
발음을 상실한 이름과 무너져 내리는 몸뚱이에
후회만큼 무심히 자란 잡초마저도 사랑스럽다

이제는 내게서 떠나는 기차가 없다
머무는 승객도, 역무원도 없다
보내는 것이 서툴러진 오랜 역만 남았을 뿐이다

김수림

『너에게 닿을 작은 글자들』

순간의 힘은 작아 보이지만
하루의 마무리를 다르게 할 만큼
큰 힘을 지녔습니다.

긍정을 강요하고
감정보다는 이성을 중시하는
세상 속에서

조금이나마 상처를
위로할 수 있도록

여러분의 순간, 모먼트가 되겠습니다.
그렇게 또다시
펜을 쥐고 나아가겠습니다.

편지

너는 정말
잘하고 있어

머지않아 꼭
피어날 거야

그리고 행복이
가장 잘 어울려

너에게 닿을
작은 글자들

내 마음을 담은
편지 한 통을 보내

좋아요

스쳐 지나가는 소식이라도
엄지손가락으로 없던 사랑
한 송이 피우는 일

예의상 보내는 사소한 마음이라도
나는 계속 의미를 담게 돼

누가 나한테 재 좋아하냐고 물어보면
좋아요라고 꼭 말해줄 거야

지혜

집을 그릴 때
지붕부터 그리지 않는다

맨 밑의 주춧돌부터
차례로 쌓아 그린다

당장 즉각적인 성과에
눈멀어
내 삶을 아프게 하지 말고

하나하나씩 차례로
차근히 쌓아보는
지혜를 대입해 보자

칭찬

타인의 인정이 있어야만
잘 하고 있는 건 아니다

스스로 칭찬하고
믿어주는 것
진심 어린
칭찬의 시작

해 보자

새싹은
해를 보아야
꽃을 피운다

사람도
뭐든 해 보아야
성취를 꽃 피운다

풍경

좋은 곳에서
눈으로 담은 풍경은

사진과 비교 못 할 정도로
너무나 아름답다

그런데 나는
눈에 담고 있는

네 모습이 더
아름다워

너는 내 풍경이자
하나의 또 다른
나

기대

상처받지 않기 위해
기대하지 말라고 말한다

하지만 나는
당신이 매 순간을 기대하며
살아갔으면 좋겠다

상처받고 싶은 사람은 없다
다만 때가 안 왔을 뿐

기대는 삶의 동기부여를 심고
설렘을 이끌어주는 만큼

머잖아 그대 생각 그 이상으로
좋은 날이
뚜벅뚜벅 걸어오는
일

꽃말

라일락의 꽃말은
수줍은 첫사랑이라

꽃잎 흩날리는 봄
당신께 고백했죠

해바라기의 꽃말은
당신을 향한 일편단심

시원한 여름 바다에서
사랑을 속삭였죠

작약의 꽃말은
행복한 결혼으로

단풍잎 흩날리는 가을
우리는 약속했죠

안개꽃의 꽃말은
기쁜 순간이라

흰 눈 소복한 겨울
새 생명을 선물 받았죠

오해

누군가 너를 오해하면
하게 놔두지 말고
한 번 정도는 얘기해줘

모르기 때문에
함부로 얘기했겠지?

알고 나면 미안함에
진심 어린 사과도 할 수 있을 테니

내 안의 내가
아직은 서투르니

열기

어떤 사람이 정말
힘들어하는 모습을 보면

입을 열기보다는
품을 열어주세요

당신의 온기에 잠시
머물다 가고 싶어요

이러니까

사람 마음
가장 비참하게 만드는 말

상대의 잘못
지금에 초점을 두고 비판하자

'이러니까 네가 그런 일을 당한 거야' 라며
과거의 상처까지 끄집어내
불붙이는 일

우울의 바다

끝이 보이지 않는
감정의 바다

아무리 발버둥 쳐도
크게 갇힌 것 같다

쏟아내고 싶어도
하염없이 삼키다

그렇게 나는 또다시
텅 빈 공허함을

놓지도 못하고
여전히 끌어안는다

인어공주

어느 날 문득
우울의 바다에 빠지자

한없이 발버둥 치고
허우적거릴수록
내 힘만 빠져갔지요

그 순간 기꺼이
내 손을 잡아준

당신은 나의 은인
인어공주

나 같은 애

매사 무언가를 할 때
자기 확신이 들지 않아

'나 같은 애가 할 수 있을까?'라며
스스로를 믿어주지 못했다

이제는 화법을 바꿔 보자
'나 같은 애라서 할 수 있는 거야'라고

나의 가능성을 믿어주며
그렇게 오늘을 보내고
내일로 나아가자

불면증

잠을 청하고 싶은데
기꺼이 내어주지 않을 때

책 읽기는 싫다
휴대폰도 내키지 않는다

그럴 때마다
고요한 어둠 속에

온몸을 맡기고
내일의 태양을 기약하는
오늘 밤

위인전

당신을 만나는 이유
본받고 싶어서입니다

그대가 겪어온 삶이
순탄치 않았다는 걸 배워서

그들이 극복한 성취가
더욱 값지게 느껴지는
삶의 결정체

악몽

형체를 알 수 없는
깊고 큰 어둠 하나

크게 짓누르며
생기는 무언들이

숨쉬기조차 어렵고
온몸이 울어 생기는 식은땀

언제쯤 이 시간이
편히 잠잠해질까

빚

다른 사람에게
호의나 선물을 받으면

좋은 마음을 안겨 줘서
고마운 마음도 들지만

이 또한 내가 갚아야 할
빚이라고 생각했다

하지만 그들이 해준 건
어둠을 걷고 있던 내게

한 줄기 행복을 담은
가장 아름다운 빛

꿈

꽃들이 모여
하하호호 담소를 나눈다

꿈이 뭐냐는 질문에
민들레는 하늘을 나는 거라 말했다

다른 이들은 그를 비웃고
끝없이 조롱했지만

수많은 비가 내리고
거센 바람이 불어도

민들레 홀씨 되어
꿈길을 걷고 있는
꿈

말의 무게

사람들과 어울리면
습관처럼 말하는

'네'라는 단어의 무게가
요즘은 참 많이 무겁다

무의식적으로
뱉게 되는 모습들

말의 무게만큼
더 무거운 책임감이라는
얼굴

메일

원하는 일을 지원하면
답신이 올 때까지

숨죽여 기다리게 되는
메일이 되네

꽃의 의미

지나가다 네 생각이 나서
어여쁜 꽃 한 다발 들고

꽃을 받아 물어보는
네게 전하고 싶은 말

예뻐서 사 온 게 아니라
선물 받아 더 어여쁘게 필

네 미소가 보고 싶어서
꽃이 되고 싶은 거야

보석

보석이 되기 전 원석도
천혜의 아름다움을 지녔다

그러나 제련이라는 견딤을 거쳐
더욱 정교해진다

사람도 마찬가지로
숨겨진 아름다움이 내재하나

시련이라는 과정을 통해
더욱 행복해진다

이루리

나무 한 그루씩 모여
거대한 숲을 이루듯

우리의 글이 하나씩 모여
이야기가 꿈꾸는 세상을 이루자

배려

타인에게 배려를 할 때
대가를 바라고 하면 안 된다

주는 행위에서
행복과 성취를 느끼는 것

'내가 이렇게 했으니 너도 이렇게 해줘'라며
강요와 무언의 압박을 준다면

이는 결코
옳지 못한 행위다

주량

사랑
그것은 술과 같다

가끔은 솔직해지고
힘들 때 먼저 찾지만

너무 의존하거나
취하면 안 된다

술에도 주량이 있듯
사랑도 상처받지 않게

나를 지키는 주량이
필요한 법이다

월광

어두운 밤
홀로 빛을 내는

모습이 변해도

여전히 빛나는
반짝임에

그렇게 위로받고
덤덤해지는 날

커피

어릴 적에는
어른들만 마시는 거라
입도 못 대게 하자

호기심에 한 번씩
남몰래 마셔보면서
해소하기도 했다

어른이 된 지금
기분 전환보다
살기 위해 마시는 듯

어릴 적 나는
어른이 된 나를
동경하고 있겠지

아무렴,
음음

행복의 크기

목적지에 도착하기 위해
교통수단을 타게 되면

길고 긴 시간 동안
불편한 자리를 견디게 된다

그럼에도 쉽게
불평하지 않는 이유는

잠시 후 만날 행복의 크기를
알고 있기 때문이다

시련 뒤에 오는 행복은
비교할 수 없을 만큼
크다

비밀의 정원

모두의 마음속
존재하고 있지만

쉽게 보이지
않는 곳이야

무럭무럭 잘 자라게
꽃도 피우고

나무에 기대어
책 한 권 읽으며

여러 장의 편지도
써 내려볼까나

백지

내가 해 온 것이 없다며
스스로 자책하고
미워하지 말아요

백지이면 어때요
앞으로 그려 나갈
일들만 남았는데

가로등

어두워진 밤
밝게 빛나는 가로등
사람들 비춰주는
장점이 있다

그러나 밝은 빛 때문에
벌레들이 꼬인다는
단점도 있지만

누군가 나를 싫어하며
질투하고 미워한다면

모든 일이 다
내가 잘못해서 벌어진
상황은 결코 아니니

빛은 그림자가 없다

독자

예쁘고 멋진 사람으로
산다는 건
어떤 느낌이야?

더 아껴주고
사랑해주고 싶어
내 사람이라서 고마워

내 속에
또 다른 너를
담고 싶어

관계 유통기한

사람 사이 관계에도
유통기한이 존재한다

누구도 피할 수 없어
가끔은 예상 밖 일도 생긴다

그럼에도 우리는
아무도 모르는 기간에

많이 아껴주고
후회 없이 사랑하고
죽도록 후회하고

그네

나 어릴 적
그대가 밀어준
그네를 타고
높은 곳을 동경했어요

나 자랄 때
그대의 힘은
언제나 변치 않고
강인할 거라 믿었어요

나 다 자라나서
크게 보였던 그네와
당신 모습이 문득
작아진 걸 느꼈죠

나 어른 돼
이제는 어릴 적
똑 닮은 아이에게
내리사랑 할 때 됐죠

꼬까옷

내 눈에는 흙을 넣어도
아프지 않은 너라서

제일 예쁜 꼬까옷 입혀
첫걸음마 할 때 잡아준 모습이

여전히 잊히지 않고
눈에 아른거리는구나

이제는 더 예쁜 꼬까옷 입고
넘어지지 않게 조심히 걸어

약지손가락 서로 끼우며
팔짱 낀 반려자와 함께 나아가려무나

부디 넘어지더라도
네 뒤에는 늘 내가 있으니

다시 일어설 수 있게
소리 없는 응원을 외쳐 주노라

말

말을 조심해야 하는 이유는
상대에게 상처 주지 않으려는 마음도 있으나

잠깐의 말로 인한 실수 하나로
스스로를 오랜 시간 후회하게 만드니까

나를 위해서 더욱
말은 조심해야 한다

말은 당나귀보다 큰
얼굴이 있으니까

어른스럽다

인생 몇 년 차를
미리 살다 온 것처럼

유난히 또래보다
어른스러웠던 너는

마음껏 투정 부릴 시간도
사치일 만큼 없었겠구나

마음속 깊이 남았던
유년이라는 곪은 상처 하나

너라는 예쁜 꽃을
멋지게 피워냈구나

아이야
정말 고맙고 대견하구나

노을

해가 지면서
노을은
그들만의 고유한
아름다움이 있다

설령 네가 하려던 일을
다 이루지 못해도

가끔 지면서 생기는
또 다른 너만의 아름다움

노을이 있다는 걸
당신이 오고 있다는 걸

나

나로 태어나고 싶어서
태어난 건 아니겠지요

가끔 예고 없이
힘든 일이 생기고

죽을힘 다해
노력해도

때로는
배신도 하지만

나로 태어나
살아 숨 쉬는 것

그 자체만으로 당신은
위대한 일을 하고 있으니

정말 고마워요
세상의 모든
나에게
안부를 묻는 나

한혜윤

『조각들』

저를 찾고
만들어가는 과정에서 발견한 조각들을
꾸밈없이, 숨김없이 보여드립니다.
이 조각들이
당신이 찾는 그 무언가를 찾기 위해 나서는
어둡고 외로운 밤길 위에서의
작은 길잡이가 되길 바랍니다.

충분히 외로워하시고,
아파하시고,
슬퍼하시길 바랍니다.
그 속에 있는 그대만의
아름답고 소중한 조각들을 찾길 바랍니다.

나의 과정이 그대의 밤을 안내하는 길잡이가 되길,
그대의 여정은 너무 외롭지 않길 기도합니다.

희미한 공기

숨을 들이마시며
느껴지는 희미한 공기를 손에 움켜 잡아본다

그리고는 하늘을 올려다보고
자신이 잃었던 별들의 수를 세어본다
더 이상 그녀의 곁에 존재하지 않는 이들의 수를

저 별들을 잡을 수만 있다면
닿을 수만 있다면…

소원을 빌어본다

하지만 그렇지 못한다는 것을 알기에
희미한 공기가 되어 버린 별들을 바라만 본다

모든 것엔 시작과 끝이 존재한다는 것을 알기에

그녀는 그저 그들을 바라만 본다.

찻잔

내가 누워 있는 찬 바닥은 마음을 얼리고
나의 눈물은 얼음이 되니
너의 찻잔에 들어가 녹아내리네

한 모금, 두 모금
얼음이 섞인 찻잔은 미지근해지고

그렇게 다시 식어
오늘도 나는 버려지네

내일도 얼음은 뜨거워지지 못해
차디찬 바닥에 누워 눈물 흘리네.

양면성

모든 관계는 사랑에서 시작한다
모든 관계는 증오로 끝난다

증오하게 될 거면 왜 사랑을 했나요?
사랑하는데 왜 증오하나요?
떠날 거라면 왜 다가오셨나요?
왜 다가왔는데 떠나시나요?
왜…

모든 아침은 밤으로 끝난다
해는 떴다가도 다시 진다

왜 소리를 지르면서도 속삭이나요?
왜 속삭이면서도 소리를 지르나요?
아낀다면서 왜 싸우나요?
싸우는데 왜 아낀다고 하나요?
왜….

당신과 싸워나가는 것이라 믿어왔어요
하지만 정작 나는 당신과 싸우고 있네요

모든 별은 반짝이고 모든 별은 생명을 잃는다
모든 사랑은 증오로 끝나고 상처는 아물지 않는다

왜 시작을 하시나요,
끝을 낼 거라면.

암흑

암흑에 휩싸여 걷는다
어느 때와 같이 별 한 점 없는 하늘
마치 먹물을 칠해 놓은 듯한 모습으로 나를 반겨준다

그를 보다가 문득 깨닫는다
그 어느 때보다도 암흑이 빛나고 있었다는 것을

별이 빛나서 아름다운 것이 아닌,
구름에 별이 가리우고 숨겨져서 아름다운 것임을

암흑이 빛나기에 하늘이 아름답다는 것을
왜 이제야 알았을까
미안한 마음에 손을 건네본다

수많은 가로등을 탓하며
별이 없는 하늘을 절망했다
그 속에 가리어진 별은 찾지도 않으면서

별이 빛나기에 암흑이 존재하는 것이 아닌
암흑이기에 별이 존재한다는 것을
난 이제야, 이제서 깨닫는다

가로등을 가려보고 귀를 막아본다
그리고는 하늘을 올려다본다

그제야 별을 찾게 됐고 암흑은 더욱 빛났다.

피지 않는 꽃

꽃이 피는 듯, 지는 듯
해가 뜨는 듯, 지는 듯

꽃이 피어도 내겐 겨울이오
해가 떠도 나에게는 밤이다
꽃이 피어도 이젠 겨울이 더 익숙해진다

해가 떠도 아침은 밝지 않고,
여전히 나는 이 밤 속을 헤매며
누군가를 찾고, 갈망코 있음에

평생 꽃이 피지 않을지도 모르고
해는 영원히 뜨지 않을지도 모른다

난 여전히, 그저 이 밤 속에서 빛나는 꽃을 찾지만
보이는 것은 없고 오직 가슴을 찌르는 고통만이 존재한다.

새벽녘

새벽녘같이 맑은 눈을 한 당신
당신의 다채로운 빛깔로 이곳의 투명한 공기를 칠해주었죠

잎사귀가 으스러진 나무에 물을 주었고
땅속에 묻힌 상자를 꺼내어
그 언제도 느껴보지 못한 감정들로
나의 세계를 흔들었죠

하지만
넌
날
떠났다

겨우 붙잡던 끈마저 끊어지자
내 눈을 가리던 너의 손은 떼어졌다

눈을 다시 가린다면 그대가 나의 품으로 돌아올까
비록 이 어둠 속에 홀로 남겼지만
나를 빛이라 부르면 품 안에 그대를 다시 볼 수 있을까

새벽녘에 만나 희미했던 당신
해가 뜨니, 그대가 가리우던 나의 눈은
이제 허상에서 벗어났습니다.

인연의 이름

붉은색의 홍실, 홍실로 우린 이어졌다
붉은색의 홍연, 우리 인연의 이름은 그것이었다

그런 줄 알았다

우리의 인연을 나는 허리 메었다
그 홍실을 너는 손가락에 묶었다
그 자리에 앉아 움직이지 않았다 나는
일어나 떠났다 너는

너의 발길을 따라 팽팽해져 가는 실
피가 통하지 않는 너의 손가락이 보였다
하지만 허리가 졸려 숨이 막혀오는 나를 보지 않았다, 너는

숨이 막혀온다
허리가 죄어온다

허리를 둘러싼 이 홍색이
우리 인연의 이름인지 내가 흘린 피 인지
이젠 분간이 되지 않는다

붉은 홍실, 홍실로 이어진 우리
붉은 홍연, 우리 인연의 이름

넌 나만큼 아프지 않기에 가위를 꺼내어
이 홍실, 이제 끊어 내기로 한다.

원망과 탓의 시작점

나는 그들에게 말한다
당신들은 날 알아준 적이 없다고

그들은 나에게 묻는다
우리가 무엇을 이해하지 못하였느냐고

당신들은
내가 보는 아름다움들
내가 느끼는 소용돌이들
내가 듣는 미세함들
내가 소중히 여기는 희미함들
내가 경계하는 두려움들
이 모든 것들을 보고 있지 않다

그들에게 말한다
나를 보고 있지 않고
노력조차 하지 않았다고
당신들은 날 알아준 적이 없다고

그들이 말한다,
내가 노력하지 않은 거라고.

잃어버린 색

바스러진 갈색으로 물이 빠져 이젠 색을 잃었다

내겐 검은색이 칠해져 있었다
검은 호수에 뼈를 담그고, 심장을 빠뜨리고,
영혼을 갈아 넣었을 때
뼈는 녹색이 되었고, 심장은 유리 조각으로 무늬를 이루고,
영혼은 날개의 모양을 했다

다른 눈들은 내게서 검은색을 보았지만

내게서 나는
안개 낀 숲을 보았고, 별이 헤엄치는 밤을 보았고,
나의 눈엔 달빛의 자정과 푸른 호수의 반영이 담겼다

하지만 이제 내 안의 나는 죽었다
바스러진 갈색으로 물이 빠져 색을 잃었다

그들은 숲속의 안개를 보고,
호수에서 헤엄치는 별들을 보며,
자정의 푸른 반영을 눈에 담고, 달빛의 밤을 본다
그들은 이제 내게서 그런 것들을 본다

하지만 나는 이제 검은색만 보인다.

안개

출구 없는 안개 속을 걷는다
'안개', 물의 추잡한 날숨
구름의 타락한 천사
허공의 몽상가

왜 나의 눈을 가리어 멀게 합니까?
당신의 어두운 날개에 나의 사슬은 더욱 조여옵니다
그대의 축축함은 내 심장의 찰흙을 적십니다
무거운 마음과 두려움의 사슬에 묶여 난 더 이상 걷지 못합니다

그러니

제가 터지도록 내버려 두세요
타버리게 허락해주세요
당신의 축축함이 눈물로 나와
마른 찰흙으로 이 사슬을 끊게 해주세요

'안개', 물의 추잡한 날숨
구름의 타락한 천사
허공의 몽상가

당신 속을 걷게 해주세요,
내가 방법을 찾도록

그대의 손을 잡게 해주세요
당신이 구름이 되고,
내가 그 위를 걷도록.

밤

밤을 먹자 해가 떴다, 꿈속에서는
해는 뜨지 않았다, 현실에서는

어린아이의 어리석음으로
조금이라도 바라는 마음으로

밤을 삶아 먹어보고, 구워도 먹어보고, 생으로도 먹어보았지만
여전히 해는 얼굴을 감추며 속삭였다

'곧'

곧….

허상으로 뒤엉킨 단어 '곧'
희망의 외마디 '곧'
혀를 찌르는 비명소리 '곧'

오기를 바란다? 오지 않길 바란다

왜냐하면

배가 부르도록 밤을 먹어도
내 기도는 하늘에 닿지 않을 테고
해도 뜨지 않겠지만
나는 여전히 꿈속을 헤매며
배가 터지도록 밤을 먹어댈 테니.

속삭임

가끔 나의 눈과 표정은 서로 다른 말을 한다

그렇기에 내 눈의 속삭임을 듣기 위해선
기다림으로 응답할 줄 알아야 한다

그런 사람을 꿈에서 만났다
나를 알고 싶어 했던 사람을

내 손에 쥐어진 민들레의 의미를 알고자 하던 사람
나의 말과 침묵의 이유를 묻던 사람
눈의 속삭임과 외침의 이유를 궁금해하던 사람

하지만 눈을 뜨니 그 사람은 없었고,
희미한 바람만이 내 주위를 맴돌고 있었다

가끔 나의 표정과 눈은 서로 다른 말을 한다

하지만 그것을 알아주는 이가 없기에
꿈속의 그 사람, 내가 되기로 한다.

그리움

이젠 가야 할 길을 가려 하지만,
꽃을 봉인한 그림자는 여전히 제자리를 지키기 원한다

저 꽃 속의 것들이 온전히 나의 것이 되는 날이 올까?
나에게 돌아와 나를 보고 싶었다고 속삭여주는 날이 올까

지나간 모든 기억과 사람들, 지금은 사라진 모든 순간

하지만 그날이 되기 전까진 저 꽃을 봉인해놓고
꽃이 있는 쪽으로 넘어가지 않도록 땅을 단단히 묶어놔야지

내게서 사라지지 않게
그저 기억으로라도 남겨둘 수 있게

그전까지 잠시 그리워하는 건 죄가 되지 않겠지?

마침표

이 끝은 어디일까
마침표가 찍히는 순간은 언제 올까

날이 흐려도 회색을 뚫는 황금빛은
그 빛이 구름보다 강하기 때문일까
그렇다면 내가 나를 무엇이라 정의해야
저 구름을 뚫을 수 있는 걸까

온종일 창을 바라보며 그 너머의 세상을 동경하고
원하면서도 원하지 않는다고 스스로를 속이며
누군가 다가와 주기를 바라면서도
그 누구도 나를 흔들지 않길 바란다

나는 누구와 이야기를 나누고 누구와 삶을 나누며
누구와…

내가 무너지면
지금까지 믿어왔던 견고한 성벽들을 무너뜨리면
그렇게 하면 할 수 있을 거라고 생각했다

하지만 난 황금빛이 아니다

그렇기에 보이지 않는다
이 모순의 끝이

보이지 않는다
이 거짓의 끝이

그래서 갇힌다
이 회색 구름 속에.

유리 꽃 Part 1

푸르른 숲속 나무로 둘러싸인 그곳

햇빛 한줄기가 내리쬔 그곳엔
홀로 겨울을 맞이하는
유리 꽃 한 송이가 고개 숙여 앉아 있다

유리 꽃은 그렇다 깨지지 못한다
아니, 깨질 만큼 깨지었다

깨진 흠집에 그녀의 이파리가 찝혔다
깨진 조각은 그녀의 줄기를 찔렀다

유리 꽃의 조각들은 유리 안에 담긴 꽃을 해친 것이다

더 이상 다치고 싶지 않아
그 누구도 자신을 해치지 않도록
자기 자신조차도 본인을 해치지 못하도록
홀로 겨울을 맞이하는 유리 꽃

하지만 유리 꽃은 그렇다, 다시 피어나고 싶어 한다

자신을 감싸는 이 유리를 벗어 던지고
약하디약한, 연약하고도 약한
이 꽃을 마음껏 피워내고 싶다
푸르른 숲속에서 이 겨울의 날카로움을 온전히 느끼고 싶다

하지만 깨지는 것은 더 이상 너무 아프기에
유리 꽃은 녹아지기로 한다.

나뭇잎의 이면

나뭇잎을 바라보아도 그의 이면을 향해선 눈을 감는다
나뭇잎을 보며 바라는 것은 있지만
정작 나뭇잎이 누구이며 어떤 존재인지에는
귀 기울이지 않는다

그래도 자신을 바라봐주길 원하던 나뭇잎은
그들에게 자신의 가지를 꺾도록 허락하였고
싱그러운 잎사귀를 간직하도록 하였다

그럼에도 나뭇잎의 이면은
그들의 세상과 맞물릴 수 없었다

본인만의 세계를 만들어가며
그저 그 사실을 체념하고 살아갈 뿐
그래야만 스스로가 살아갈 수 있기에

문득 주위를 둘러본다
자신의 세계에 홀로 남겨진 나뭇잎은
조심스레 초대권을 움켜쥐어보지만
한낱 종이 쪼가리일 뿐인 초대장은
그들에게 닿지 않는다

나뭇잎은 결심한다
이 아름다운 세계를 혼자서 간직하기로
홀로 이 세계를 지키기로
더 이상 자신의 이면에 눈멀고 귀 기울이지 않는
그들의 관심을 구걸하지 않겠다고

스스로 혼자서 홀로
그렇게 본인을 달래며 살아가겠다고.

보라색 민들레

아무리 화려하다 한들 고작 민들레일 뿐인

노래지지도 하늘을 날지도 못하는
그저 꽃잎이 다 떨어질 때까지
제자리에 기다리며 시들어가는 보라색 민들레

그림자의 컴컴함으로
자신을 비추고 있는 달빛조차 희미하게 보이는

붉은 눈물을 흘리는 보라색 민들레

가장 괴상하고도 아름다운 꽃잎을 피겠다고 다짐하는

보라색 민들레.

닿아가기

닿을 수 없는 것들만 바라보고
돌이킬 수 없는 것들만 바라고
돌아갈 수 없는 곳과 품을 그리워하고

정작 닿을 수 있는 곳에 피어나 새싹엔
다가가길 두려워하고

저 하늘 속에 무엇이 숨겨져 있는지도 모른 채
무엇을 바라는지는 알지도 못한 채

그저 모든 것을 바라만 보고

바라보지만 말고 바라 보자
다가가기 두렵다면 닿아 보자

다가가지 말고,

닿아 가보자.

유리 꽃 Part 2

푸르른 숲속을 거니는, 민소매에 반바지를 입은
모두와 같이 싱그러운 여름을 축하하는 한 사나이가 있다

유리 꽃은 홀로 겨울의 눈을 맞고 있다
소복이 쌓인 눈은 유리 꽃의 붉은 피로 물들어 있다

따뜻한 여름의 온기로 나를 감싸 주세요
제가 피어나도록 이 유리 갑옷을 녹여주세요

지나가는 사나이에게 유리 꽃이 말한다

사나이가 자신의 손을 햇볕에 오랫동안 쬐자
그의 손은 불그스름하게 그을렸다

유리 꽃이 맞이한 겨울 속에 손을 넣으니
사나이의 살갗은 벗겨져
붉은색으로 물든 눈 위를 다시 하얗게 덮었다

살갗이 없는 피부로 차가운 유리를 감싸니
그는 푸른 동상에 걸렸다, 마치 멍이 든 것처럼

유리 꽃은 얼음이 아니었다, 그래서 녹지 못했다

그렇게 사나이는 유리를 떠났고,
꽃은 더 이상 방법을 몰랐다.

미래와 과거, 그 경계선의 현재

항상 바랐어요 당신이 날 봐주길
내가 옳은 길을 가고 있는지, 당신을 만날 수는 있는지

하지만 생각보다 빨랐어요
이렇게 금방 내가 당신이 되어 있을 줄은 몰랐어요
오해 마요 전 기뻐요

단지

세상에 날을 세우며 숨기 바빴던 그녀를
나 대신 수치의 피를 흘리던 그녀를
자신에게 상처 낸 조각마저 깊이 품었던 그녀가
가끔은 그리울 뿐이에요

생각해보니 그렇네요
정작 그녀에겐 묻지 않았네요
지금의 난 그녀가 꿈꾸던 모습인지

항상 바랐어요 당신을 만나길

하지만 난 너무 빨리 당신이 되었고

당신만 바라보느라 그녀를 잃었네요.

모순

갈라지는 땅을 사이에 두고 수놓은 모순들
양쪽에 발을 걸치며 그 경계선에 서 있는 나

이 갈라진 틈을
이중성과 양면성이라 이름 지으며
모순들 사이의 연결고리를 찾고 싶었다
이 모순의 끝을 보려고 했다

세상에 수놓은 모순을 이해할 수 없었고
그렇기에 더더욱 이해를 해야 했다

하지만 모순의 끝엔 항상 내가 서 있었고
땅이 점점 더 벌어지자
다리가 더는 버텨주지 못했다

그러자 비로소
다리 밑에 고여 있는 물을 보게 되고
물에 비친 사실이 점점 선명하게 보인다

가장 큰 모순은 나였고,
내가 가장 이해할 수 없었던 모순 또한

바로 나였음을.

거울 Part 1

거울을 보며 내가 보고 싶은 것
조각난 거울 속 얼굴들의 반영

조명이 켜지지 않아
이 어두운 방 안에 홀로 남아 있다

거울을 보며 내가 원하는 것

모든 결함과 결핍
금이 간 희미함과 베어진 조각들
모두 선명히 보는 것

그것만이 내가 소망하는 것

하지만

조명을 향해 손을 뻗기도 전
나의 뒷모습을 비추는 또 다른 거울 속 손들이
나를 끌어낸다

알록달록

각자가 원하는 이름대로 날 부르며
이 조각난 거울 앞에서 날 끌어낸다

내가 원하는 건 단 하나

조각난 모습, 모든 결함과 잃어버린 반영
그저 모두 선명히 바라보는 것

그것만이 내가 원하는 것.

거울 Part 2

고되었고 지쳤다
이 조각난 거울 앞에서 날 끌어내던 손들
이제야 물리쳤다

그들은 날 모른다, 그것이 화났다
하지만 이젠 괜찮다
더 이상 흔들리지 않는다

드디어
조명 하나 없는 이 방
거울의 빛 하나로만 희미하게 일렁이던 이 방
이젠 이 조각난 거울 앞에
당당히 설 수 있게 되었다

하지만 문득 두렵다

거울 속 나의 모습들이 선명해지면?
조각난 얼굴들이 하나의 반영이 되어 날 비추면?
그땐 이 거울 너머 무엇을 바라봐야 하지?

조명을 향해 뻗던 손 잠시 망설인다

그리고 다시 내려놓는다

다시 또다시 이 어두운 방 안에서
희미하게 비추는 조각난 얼굴들을 바라본다.

찰흙

당신은 날 무엇으로 만드셨나요
당신은 나를 왜 만드셨나요

다른 이들을 만들다 남은 진흙이
나를 만들 때엔 부족하여
묽은 흙으로 모양이 없는 나를 만드신 건가요

흙이 너무 묽어서, 모양이 나지 않아서
제 안에 담는 모든 건 모두 달아나네요

자신들의 자국을 남기고는
나의 살점을 몸에 묻히고
달아나면서 발자국을 남기는데
정작 그 발자국이 나의 살점으로부터
난 것이란 건 그들은 모르는 것 같네요

어젯밤 찾아갔어요
저를 구워서 굳혀 달라고
나도 그들처럼 모양을 갖고 싶다고
그것을 말하기 위해 당신을 찾아갔어요

하지만 이젠 고통에 무딘 손끝의 굳은살로
구워진 내 그릇을 두드릴 때마다 점점 금이 생겨요

이젠 더 이상 내 몸에 그들의 자국이 남지도
그들 몸에 나의 살점이 묻어나지도
그들이 남긴 발자국도
보이지 않네요.

꾸며내지 않은 일기

더 이상 아프지도 슬프지도 화나지도 설레지도
더는 기대되지도 들뜨지도
무엇이든 이젠 아무렇지도 않다

감정이 싹트다가도 금방 얼굴을 감춘다
예전의 내가 문을 빼꼼 열다가도 금세 다시 숨는다
요즘엔 그 아이가 아예 사라진 것 같다
나를 잃은 것 같다
아니, 나를 잃은 것도 아닌 것 같다

무엇이 떠올라도 가슴에서 우러나오는 것이 아니다
머릿속에서 꾸며진 장식처럼만 느껴진다

예전엔 간절하게 원하던 것들
그 모든 게 의미가 있나 싶다

그렇다고 우울하거나 공허한 것도 아니다
요즘 많이 즐겁고 많이 기쁘다
그럼에도 내 속의 글자들은 점점 게을러진다
찌르는 듯한 감정들, 이젠 느껴지지 않는다

이젠 날 알아주는 사람들도 있다

날 진심으로 존중해주고 응원해주는 사람들도 있다

하지만 그토록 원하던 바람들이 이젠 나의 환경이 되고
익숙했던 감정들이 내 것이 아닌 게 되니
나를 지키기 위해, 나의 세계를 지키기 위해
항상 싸워오던 나인데
이젠 싸울 대상도 전쟁터도 없어지고
홀로 걷던 길에 함께하는 이들이 생겨나니
나아가야 할 방향을 모르겠다
무엇을 위해 싸워야 할지 모르겠다
무엇을 바라보며 길을 걸어야 할지도
무엇을 고민하며 나아가야 하는지도 전혀 모르겠다

계속해서 변해가는 환경은 이젠 적응해가는 것 같은데
새로워져 가는 나에겐 아직 적응이 되질 않은가 보다

적응을 하면 정말 내가 사라질까 봐
그땐 영영 다시 돌아오지 못하고
영영 다시는 찾지 못할까 봐
그때가 되면 찾을 수 있는 답조차 없을까 봐
나의 발자국과 발자취 모두 먼지가 되어
사막의 바람에 흩날려 갈까 봐

어떻게 해야 할지 모르겠다

끝이 보이지 않아 막막하고 무서웠던 이 길이
이젠 끝이 보이는 것 같아

더

무섭다.

안녕이 너무 늦어버렸습니다

초판 1쇄 발행	2022년 11월 5일
초판 1쇄 인쇄	2022년 11월 5일
지은이	조배성, 한주안, 이성관, 김수림, 한혜윤
펴낸이	이장우
편집	송세아 안소라
디자인	theambitious factory
마케팅	시절인연
제작	김소은
관리	김한다 한주연
인쇄	금비PNP
펴낸곳	도서출판 꿈공장플러스
출판등록	제 406-2017-000160호
주소	서울시 성북구 보국문로 16가길 43-20 꿈공장 1층
이메일	ceo@dreambooks.kr
홈페이지	www.dreambooks.kr
인스타그램	@dreambooks.ceo
전화번호	02-6012-2734
팩스	031-624-4527

꿈공장플러스 출판사는 모든 작가님의 꿈을 응원합니다.
꿈공장플러스 출판사는 꿈을 포기하지 않는 당신 곁에 늘 함께하겠습니다.

ISBN	979-11-92134-27-7
정가	13,000원